掌握必考單字，高分通過新韓檢！

新韓檢
TOPIK I
單字帶著背！ 新版

隨身外語編輯小組 編著

金玟 審訂

U0154858

推薦給所有韓語初學者
的入門書

언어학자 데이비드 윌킨스(David Wilkins)는 그의 저서《Linguistics in language teaching》(London : Edward Arnold, 1972)에서 문법이 없어도 극히 적은 양의 정보는 전달될 수 있지만, 어휘가 없다면 아무것도 전달될 수 없다는 말로 어휘의 중요성을 강조하였습니다. 즉 어떤 외국어를 듣고, 말하고, 읽고, 쓸 줄 알기 위해서 어휘는 필수요소라는 것은 이제 기본상식이라고 할 수 있습니다. 오래되고 진부한 단어가 아닌 현재 한국인의 일상생활에서 실제로 사용하는 어휘를 바탕으로 구성된 《韓語檢定初級單字帶著背！》는 한국어능력시험(TOPIK)을 준비하는 학생들에게 반드시 도움이 되는 것은 물론, 평소 한국문화에 흥미를 가졌던 일반인도 쉽게 한국어를 접할 수 있는 훌륭한 지침서가 될 것입니다.

김결

語言學家大衛威爾金斯（David Wilkins）曾在他的著作《Linguistics in language teaching》（London：Edward Arnold, 1972）中以一句話強調了語彙的重要性。「少了文法尚能勉強溝通，若少了語彙就什麼也無法表達了。（Without grammar very little can be conveyed, without vocabulary nothing can be conveyed.）」為了能聽、說、讀、寫某種外語，語彙成了不可或缺的要素，可說是當今人人皆有的基本觀念。《新韓檢TOPIK I單字帶著背 新版！》中收錄的並非遙遠而古老的單字，而是以現在韓國人日常生活中實際應用的語彙為基礎所構成，無庸置疑對正在準備韓國語文能力測驗（TOPIK）的學生很有幫助，同時，對於平時就對韓國文化感興趣的人，它也會是引導大家輕鬆入門的最佳指南。

充實單字量，
一舉拿下TOPIK I證書！

學習外語最重要的目的就是溝通，而「單字」則是最基礎的必備要件，即使無法流利說出完整的句子，只要具備一定的單字認知量，也能夠試著與韓國人交流。

韓國語文能力測驗（Test of Proficiency in Korean，以下簡稱「TOPIK」）於2011年起由韓國「國立國際教育院」負責執行，每年在87國323個地區舉辦。於2014年第35屆改制至今，目前測驗級數分為TOPIK I（1級～2級）和TOPIK II（3級～6級），而臺灣在2024年報考人數已超過5000名，大學韓語相關系所也將取得韓檢證書列為入學基或是畢業資格，顯見韓語學習已經不僅僅是一時狂熱的「韓流」，而是成熟、獲得重視的外語。

韓語初級程度必須具備約2000個單字（1級約800字，2級為1500～2000字），即擁有可以進行日常生活的對話、書寫簡單的文章等能力（詳細請參照P.6專文簡介）。2000個單字乍看之下似乎遙不可

及，但只要善用工具書、掌握學習要訣，一樣能輕鬆背誦。

　　本書專為有心準備韓國語文能力測驗的初學者設計編輯，所提供之單字皆參照韓國「國立國語院」官方公佈之韓語學習用語彙，只要一本書，便能完全提升韓語基礎能力，讓學習事半功倍更有效率。各單元循序漸進導入各式與生活息息相關的主題，可以觸類旁通記得大量相關單字；附錄【用言活用表】整理動詞及形容詞規則、變則變化，也能加強文法規則的理解；透過聆聽音檔學習，熟悉標準韓語發音，強化聽力訓練。

　　「譬如平地，雖覆一簣，進，吾往也。」所有學習的成就，都是從單字一步步的累積，希望本書能幫助讀者奠定韓語學習的基礎，一步步朝目標邁進。

隨身外語編輯小組

韓國語文能力測驗介紹

隨身外語編輯小組

　　韓國政府為推廣韓語國際化，鼓勵外國人、韓僑積極學習韓語，自1997年開始實施一年一次的韓國語能力測驗考試，隨著報考人數的增加，自2024年起，韓國國內及部分國家一年舉辦9場考試，包含6場紙筆考試（PBT）及3場網路考試（IBT），針對口說測驗則在韓國舉辦3場考試。目前於87個國家、323個地區舉行公開考試。而臺灣一年舉辦2場紙筆考試（PBT），原則上於4月及10月進行。

　　韓國語文能力測驗目前分為TOPIK I 及 TOPIK II 兩個級數，TOPIK I 可分為1、2級，為初級；TOPIK II 可分為3～6級，為中高級。介紹如下：

◆ 測驗目的

· 為母語非韓國語之韓語學習者、韓國僑民、外國人提供學習方向；並祈達到普及韓語之效
· 測試和評量韓國語使用能力，並以此為留學韓國或就業的依據

◆測驗對象

無報考資格限制

◆考試時間

一年舉辦6次PBT（臺灣自2017年起一年開放4月、
10月兩個報考梯次）

測驗分類 時間	韓國	美洲・歐洲・ 非洲・大洋洲	亞洲
3月	IBT、 口說測驗	-	-
4月	PBT	PBT	PBT
5月	PBT	-	PBT
6月	IBT、 口說測驗	-	-
7月	PBT	PBT	PBT
9月	IBT、 口說測驗	IBT	IBT
10月	PBT	PBT	PBT
11月	PBT	-	PBT

* 以上的考試時間，會依主辦單位與當地狀況而有所
變動（因時差，各區考試時間也會有所差異）

◆測驗級數與費用

・測驗級數：TOPIK I、TOPIK II
・依據測驗成績又可分為六等級（1～6級）
・TOPIK I 測驗費NT$1,100、TOPIK II 測驗費 NT$1,400

◆評分標準

測驗基準	TOPIK I		TOPIK II			
成績等級判定	1級	2級	3級	4級	5級	6級
	80分以上	140分以上	120分以上	150分以上	190分以上	230分以上

◆TOPIK I能力說明

測驗級數	能力指標
1級	・能完成「自我介紹、購物、點餐」等日常生活上必需的基礎會話能力，並能理解和表達「個人、家庭、興趣、天氣」等一般個人熟知的話題。 ・能掌握約800個常用單字，認識基本語法並造出簡單的句子。 ・能理解和書寫簡單的日常生活實用文句。
2級	・能使用韓語進行「打電話、求助」等日常生活溝通，並於「郵局、銀行」等公共設施使用韓語溝通。 ・能掌握並利用約1,500～2,000個詞彙，使用於個人及熟悉的話題。 ・能區分使用正式或非正式場合的用語。

◆TOPIK I測驗題型與分數

・評分科目：2個測驗項目（聽力、閱讀）
・配　　分：各100分，總分200分

測驗級數 （成績等級）	測驗項目 （時間）	題型	題數	各項 滿分	總分
TOPIK I （1～2級）	聽力 （40分鐘）	選擇	30	100	200
	閱讀 （60分鐘）	選擇	40	100	

◆出題基本方針：

・足以測驗考生現代韓語運用能力之試題內容
・切合各領域（聽力、閱讀、寫作）特性之評分目標與評分內容
・在各領域及內容上均衡選題
・促進考生理解韓國傳統與現代之社會、文化
・廣泛參考韓國國內外韓語教育機構之韓語課程
・避免偏重或不利於特定語言圈考生之試題
・避免與過去試題重覆之內容

◆考試結果發布

· 公布時間：申請受理時間之相關說明公布於 TOPIK官網

· 公布方式：點選臺灣官網首頁上方選單「成績查詢」或至韓國官網點選「成績確認」。輸入「應考期數」、「准考證號碼」、「出生年月日」後，點選「查詢」

· 證照有效期限：自考試成績公布日起2年內有效

★2020年起，韓國主辦單位不再提供紙本成績單，考生可自行上網列印

┌─考前小叮嚀─┐

1. 請攜帶准考證及合格證件正本（國民身分證、駕照、效期內護照），並於作答開始前40分鐘提早入場，遲到者不可入場，亦不得要求退費

2. 考生僅可攜帶傳統指針式手錶，攜帶電子錶視為違規

資料來源：

· 臺灣TOPIK官網 https://www.topik.com.tw/
· 韓國TOPIK官網 https://www.topik.go.kr/

如何掃描QR Code下載音檔

1. 以手機內建的相機或是掃描QR Code的App掃描封面的QR Code

2. 點選「雲端硬碟」的連結之後，進入音檔清單畫面，接著點選畫面右上角的「三個點」。

3. 點選「新增至「已加星號」專區」一欄，星星即會變成黃色或黑色，代表加入成功。

4. 開啟電腦，打開您的「雲端硬碟」網頁，點選左側欄位的「已加星號」。

5. 選擇該音檔資料夾，點滑鼠右鍵，選擇「下載」，即可將音檔存入電腦。

如何使用本書

主題

前七大單元依品詞分類,將語彙有系統地歸
納至各項目,學習方便,最清晰!

→ 名詞

12. 時間

새벽	黎明、清晨	그저께	前天
아침	早上、早餐	어제	昨天
낮	白天	오늘	今天
오전	上午	내일	明天
점심	中午、午餐	모레	後天
점심시간	午休時間、午餐時間	다음 날	隔天、第二天
오후	下午	다음다음 날	第三天
저녁	傍晚、晚上、晚餐	다음 주 / 내주	下週
밤	晚上、夜晚		
밤새	熬夜、徹晚	다음 달 / 내월	下個月

發音

每頁下方均標有音檔軌數,讓您唸到哪、學
到哪,方便好找,只要跟著韓籍老師朗讀,
不僅能說出一口標準的韓語,還能加強聽
力、輔助記憶,即使是初學者也能將艱澀的
單字牢牢記住!

하다動詞

為方便讀者學習、應用,特別歸納出「**하다**動詞」,只要將**하다**拿掉便可直接當成名詞使用,一次記下兩種用法。

3. 하다動詞

말하다	說	일하다	工作、做事
이야기하다	講話、聊天、說故事	선택하다	選擇
인사하다	打招呼、問候、請安	약속하다	約會、約定、承諾
대답하다	回答	데이트하다	約會
대화하다	對話	청혼하다	求婚
공부하다	唸書、學習	결혼하다	結婚
독서하다	讀書	이혼하다	離婚
출근하다	上班	사랑하다	愛
퇴근하다	下班	연애하다	談戀愛
근무하다	工作、值班	생각하다	想、考慮

單字

針對韓國語文能力測驗(TOPIK)考題中常出現的用字,將同義、反義、近似詞及相關語彙完整收錄,配套記憶,有效率!

常用招呼語

蒐集韓國人日常生活中幾乎天天都
會說到的常用招呼語，藉由完整的
句子增加會話溝通能力及理解聽力
測驗中可能會出現的日常對話！

안녕하세요? / 안녕!	여전하시네요.
您好、您好嗎？/ 你好！	您還是老樣子、您一點都沒有變。
만나서 반갑습니다.	안부 전해 주세요.
很高興見到您、很高興與認識您！	請代我（向他）問好。
오래간만이에요!	건강 조심하세요.
好久不見！	請多保重身體。
잘 지내셨어요?	어서 오세요!
您過得好嗎？	歡迎光臨、快請進！
어떻게 지내셨어요?	좋은 아침이에요!
您過得怎麼樣？	早安！
별고 없으시죠? / 별일 없지?	잘 자요!
別來無恙？/ 還是老樣子吧？	晚安！

用言活用表整理，歸納動詞、形容詞的規則與變則變化，有助於文法應用、考前掃瞄，提升戰鬥力！

▶用言活用表整理

	-고	-(으)면	-(으)니까		-ㄴ/인 는데	-ㅂ/습니다	-ㄴ/은 거	-ㄹ/을 거	-아/어 요·
가다 去	가고	가면	가니까		가는데	갑니다	간 거	갈 거	가요
먹다 吃	먹고	먹으면	먹으니까		먹는데	먹습니다	먹은 거	먹을 거	먹어요
묻다 埋藏 （ㄷ規則）	묻고	묻으면	묻으니까		묻는데	묻습니다	묻은 거	묻을 거	묻어요
묻다 問 （ㄷ變則）	묻고	물으면	물으니까		묻는데	묻습니다	물은 거	물을 거	물어요
웃다 笑 （ㅅ規則）	웃고	웃으면	웃으니까		웃는데	웃습니다	웃은 거	웃을 거	웃어요
낫다 痊癒 （ㅅ變則）	낫고	나으면	나으니까		낫는데	낫습니다	나은 거	나을 거	나아요
만들다 製造 （ㄹ變則）	만들고	만들면	만드니까		만드는데	만듭니다	만든 거	만들 거	만들어요
하다 做	하고	하면	하니까		하는데	합니다	한 거	할 거	해요 (하여요)
따르다 跟隨 （陽·를規則）	따르고	따르면	따르니까		따르는데	따릅니다	따른 거	따를 거	따라요
모르다 不知道 （陽·를變則）	모르고	모르면	모르니까		모르는데	모릅니다	모른 거	모를 거	몰라요
치르다 支付 （陰·르規則）	치르고	치르면	치르니까		치르는데	치릅니다	치른 거	치를 거	치러요

目次

十、附錄　281

一、名詞

　　名詞是單字學習的開始，只要掌握住關鍵字彙、吸收充分的單字量，即使只利用幾個簡單的詞彙，也能表達自己的想法，並且大幅提升閱讀能力。

1. 人

사람	人
가족	家族、家人
할아버지	爺爺、老爺爺
할머니	奶奶、老奶奶
외할아버지	外公
외할머니	外婆
부모	父母
아버지	爸爸
어머니	媽媽
아빠	爸（比「아버지」更為親近的用法，多用於小時候）

엄마	媽（比「어머니」更為親近的用法，多用於小時候）
언니	（女生用語）姊姊
오빠	（女生用語）哥哥
누나	（男生用語）姊姊
형	（男生用語）哥哥
형제	兄弟
자매	姊妹
동생	弟弟、妹妹
남동생	弟弟
여동생	妹妹

손자	孫子
손녀	孫女
친척	親戚
큰아버지	伯父
작은아버지 / 삼촌	叔叔
외삼촌 / 외숙	舅舅
큰어머니	伯母
고모	姑姑
이모	阿姨

名詞

사촌	堂兄弟姊妹
외사촌	表兄弟姊妹
조카	姪子
조카딸	姪女
생질	外甥
생질녀	外甥女
형수	（對弟弟來說）嫂嫂
올케	（對妹妹來說）嫂嫂、 （對姊姊來說）弟妹
제수	（對哥哥來說）弟妹
매형 / 자형	（對弟弟來說）姊夫

MP3 · 01 ◎ 25

형부	（對妹妹來說）姊夫
매부 / 매제	（對哥哥來說）妹夫
시아주버니	（丈夫的哥哥）大伯
시동생	（丈夫的弟弟）小叔
동서	連襟、妯娌
시누이	大姑、小姑
처남	大舅子、小舅子
처형	大姨子
처제	小姨子
시아버지	公公

시어머니	婆婆
며느리	媳婦
장인	岳父
장모	岳母
사위	女婿
처가	岳父（岳母）家
친정	娘家
시댁	婆家
이웃 / 옆집	鄰居
선배	前輩、學長、學姊

후배	晚輩、學弟、學妹
선후배	（職場、學校）前後輩
아저씨	大叔
아가씨	小姐
아줌마	大嬸、阿姨
아주머니	大嬸、阿姨（比「아줌마」尊敬的用法）
신랑	新郎
신부	新娘
남편	丈夫、老公

아내 / 부인 / 처 / 와이프	妻子、太太
자식	兒女
아들	兒子
딸	女兒
외아들	獨生子
외동딸	獨生女
아기	小嬰兒
쌍둥이	雙胞胎
아이 / 애	小孩

어린아이 / 어린애	小孩、幼童
어린이	兒童、幼童
청소년	青少年
어른	大人、長輩
늙은이	老一輩
연상	年長者
연하	（比自己）年幼的人
젊은이	年輕人
남자	男人

여자	女人
남성	男性
여성	女性
이성	異性
소년	少年
소녀	少女
애인	男朋友、女朋友、愛人、戀人
친구	朋友
남자친구	男朋友
여자친구	女朋友

학생	學生
동창	同學
남학생	男學生
여학생	女學生
초등학생	小學生
중학생	國中生
고등학생	高中生
여고생	高中女生
대학생	大學生
대졸생	大學畢業生

대학원생	研究生
유학생	留學生
관광객	觀光客、遊客
승객	乘客
여객	旅客
관람객	觀眾
원장	院長
환자	病人
범인	犯人
도둑	小偷

놈	傢伙
부자	有錢人
주민	居民
주인	主人、老闆
주인공	主角
여주인공	女主角
한국 사람 / 한국인	韓國人
중국 사람 / 중국인	中國人

대만 사람 / 대만인	臺灣人
일본 사람 / 일본인	日本人
미국 사람 / 미국인	美國人
외국 사람 / 외국인	外國人

2. 人稱敬語

할아버님 (「할아버지」的尊敬語)	爺爺
할머님 (「할머니」的尊敬語)	奶奶
부모님 (「부모」的尊敬語)	父母
아버님 (「아버지 / 아빠」的尊敬語)	令尊、父親
어머님 (「어머니 / 엄마」的尊敬語)	令堂、母親
남편분 (「남편」的尊敬語)	尊夫

사모님 (「아내 / 처」 的尊敬語)	尊夫人
자녀분 (「자식」的尊敬語)	令郎、令嬡
선배님 (「선배」的尊敬語)	前輩、學長、學姊
선생님 (「선생」的尊敬語)	老師
교수님 (「교수」的尊敬語)	教授
원장님 (「원장」的尊敬語)	院長
아주머님 (「아주머니 / 아줌마」的尊敬語)	大嬸、阿姨

손님 (「방문객」 的尊敬語)	客人
고객님 (「고객」的尊敬語)	顧客
어느 분 (「누구」的尊敬語)	哪位、誰

3. 人稱代名詞

저 (謙稱)	敝人、我
나	我
당신 (尊敬語)	您 ①夫妻間互稱 ②常用於負面情況，如吵架時，使用上須小心
너	你（用於熟人間）
그분 (尊敬語)	那位、他
그 사람	那個人、他
그	他
그녀	她
저희 (謙稱)	我們
우리	我們

너희(들)	你們
그들	他們
그녀들	她們
여러분 (「여러 사람」 的尊敬語)	各位、大家
모두 / 다들	大家

4. 身體

몸	身體
머리	頭、頭髮、頭腦
이마	額頭
얼굴	臉
볼 / 뺨	臉頰
눈썹	眉毛
눈	眼
귀	耳
코	鼻
입	嘴巴

입술	嘴唇
이 / 치아	牙齒
혀	舌頭
목	脖子、喉嚨
어깨	肩
가슴	胸、心
심장	心臟、心
허리	腰
배	肚子
등	背

키	身高、個子
손	手
손목	手腕
손가락	手指
손바닥	手掌
손등	手背
오른손	右手
왼손	左手
팔	手臂
무릎	膝蓋

다리	腿
발	腳
발목	腳踝
발자국	腳印

5. 情緒

기분	心情
미소	微笑
기쁨	喜悅、開心
짜증	生氣、厭煩
슬픔	悲傷
눈물	眼淚

6. 個人

프로필	（個人）簡歷、簡介
이름	姓名
생년월일	出生年月日
생일	生日
나이	年齡
신분증	身分證
신장 / 키	身高
체중	體重
취미	興趣、嗜好
소원	心願、願望

습관	習慣
학력	學歷
경력	經歷
연락처	聯絡方式

7. 興趣

영화감상	看電影
음악감상	聽音樂
독서	閱讀
등산	登山
낚시	釣魚
요리	做菜、料理
요가	瑜伽
운동	運動
춤	跳舞
노래하기	唱歌

피아노 치기	彈鋼琴
기타 치기	彈吉他
드럼 치기	打鼓
그림 그리기	**畫畫**
촬영 / 사진 찍기	攝影

8. 樂器

악기	樂器
피아노	鋼琴
기타	吉他
바이올린	小提琴
드럼	鼓
가야금	（韓國傳統樂器）伽倻琴

9. 運動

농구	籃球
야구	棒球
축구	足球
탁구	桌球
골프	高爾夫
테니스	網球
배드민턴	羽毛球
발리볼 / 배구	排球
피구	躲避球
당구	撞球

볼링	保齡球
수영	游泳
마라톤	馬拉松
조깅	慢跑
스키	滑雪
아이스하키	冰上曲棍球

10. 動物

동물	動物
쥐	鼠
소	牛
호랑이	虎
토끼	兔
용	龍
뱀	蛇
말	馬
양	羊
원숭이	猴

닭	雞
개	狗
강아지	小狗
돼지	豬
새	鳥
박쥐	蝙蝠
부엉이	貓頭鷹
독수리	老鷹
딱따구리	啄木鳥
까치	喜鵲

참새	麻雀
제비	燕子
비둘기	鴿子
까마귀	烏鴉
앵무새	鸚鵡
거위	鵝
백조	天鵝
오리	鴨
다람쥐	松鼠
고양이	貓

나비	蝴蝶
여우	狐狸
늑대	狼
곰	熊
사자	獅子
코끼리	大象
거북	烏龜
물고기	魚
개구리	青蛙
올챙이	蝌蚪

기린	長頸鹿
사슴	鹿
모기	蚊子
파리	蒼蠅
벌	蜜蜂
바퀴벌레	蟑螂
거미	蜘蛛
개미	螞蟻
달팽이	蝸牛
벼룩	跳蚤

11. 顏色

색 / 색깔	顏色
빨간색 / 빨강 / 적색	紅色
분홍색	粉紅色
주황색	橙色
오렌지색	橘色
노란색 / 노랑 / 황색	黃色
녹색	綠色
초록색	草綠色
파란색	藍色

남색	靛色、深藍色
보라색 / 자색	紫色
자주색	紫紅色
하얀색 / 하양 / 흰색	白色
까만색 / 검정(색) / 검은색	黑色
(황)금색	金色
은색	銀色
회색 / 쥐색	灰色
갈색	褐色

12. 時間

새벽	黎明、清晨
아침	早上、早餐
낮	白天
오전	上午
점심	中午、午餐
점심시간	午休時間、午餐時間
오후	下午
저녁	傍晚、晚上、晚餐
밤	晚上、夜晚
밤새	熬夜；整晚

그저께	前天
어제	昨天
오늘	今天
내일	明天
모레	後天
다음 날	隔天、第二天
다음다음 날	第三天
다음 주 / 내주	下週
다음 달 / 내월	下個月

이번 해 / 올해 / 금년	今年
다음 해 / 내년	隔年、明年
내후년	後年
작년	去年
재작년	前年
지금	現在、目前
이제	現在、今後
현재	現在
요즘	最近

그동안	這段時間
맨날	整天、終日
하루 종일	一天到晚
매일	每天
평일	平日
주말	週末

13. 星期

일주일	一週
월요일	星期一
화요일	星期二
수요일	星期三
목요일	星期四
금요일	星期五
토요일	星期六
일요일	星期日
무슨 요일	星期幾

14. 季節

계절	季節
사계절	四季
봄	春
여름	夏
가을	秋
겨울	冬

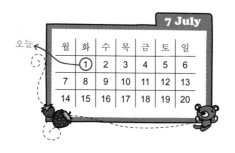

오늘 ←

7 July

월	화	수	목	금	토	일
	①	2	3	4	5	6
7	8	9	10	11	12	13
14	15	16	17	18	19	20

15. 自然

자연	自然
하늘	天空、上天
날씨	天氣
달	月亮
해	太陽
햇빛	陽光
별	星星
구름	雲
산	山
산맥	山脈

바다	海
바닷물	海水
바닷가 / 해변	海邊
강	江、河
바람	風
비	雨
소나기	驟雨、雷陣雨
장마	梅雨
눈	雪
안개	霧

천둥	雷
번개	閃電
태풍	颱風
숲	森林
나무	樹
소나무	松樹
단풍	楓葉
낙엽	落葉
잎	葉

풀	草
잔디	草地

16. 花

꽃	花
무궁화	無窮花（別名「木槿花」，韓國國花）
장미	玫瑰
수선화	水仙花
봉선화	鳳仙花
카네이션	康乃馨
벚꽃	櫻花
진달래	杜鵑花
해바라기	向日葵

17. 蔬菜

야채 / 채소	蔬菜
상추	生菜、萵苣
배추	白菜
양배추 / 캐비지	高麗菜
당근	紅蘿蔔
무	白蘿蔔
옥수수	玉米
고구마	地瓜
감자	馬鈴薯

오이	黃瓜
가지	茄子
토란	芋頭
고추	辣椒
생강	生薑
양파	洋蔥
파	蔥
마늘	蒜

18. 水果

과일	水果
사과	蘋果
바나나	香蕉
키위	奇異果
토마토	番茄
수박	西瓜
딸기	草莓
포도	葡萄
파인애플	鳳梨
감	柿子

단감	甜柿
귤	橘
배	梨

19. 肉類與海鮮

고기	肉
소고기	牛肉
돼지고기	豬肉
닭고기	雞肉
양고기	羊肉
갈비	排骨
삼겹살	五花肉
불고기	烤肉
해산물	海鮮
생선	魚

새우	蝦
오징어	魷魚、烏賊（別名「花枝」）
문어	章魚
조개	蛤蜊

20. 飲食

음식	飲食、食物
음료(수)	飲料
중국식 / 중국음식	中華料理
일식 / 일본음식	日本料理
한식 / 한국음식	韓國料理
양식	西餐
반찬	菜餚、小菜
물	水

차 / 티	茶
녹차	綠茶
홍차	紅茶
유자차	柚子茶
밀크티	奶茶
커피	咖啡
블랙커피	黑咖啡
우유 / 밀크	牛奶
주스	果汁
와인	紅酒、葡萄酒

맥주	啤酒
소주	燒酒
김치	泡菜
물김치	水泡菜（泡菜的一種，連湯汁也可食用的爽口泡菜）
떡	年糕
떡볶이	辣炒年糕
자장면 / 짜장면	炸醬麵
라면	泡麵
냉면	冷麵

짬뽕	炒碼麵
국수	麵
찌개	湯鍋
김치찌개	泡菜鍋
밥	飯
비빔밥	拌飯
초밥	壽司
김밥	紫菜包飯
국 / 국물	湯
국밥	湯飯

미역국	海帶湯
죽	粥
만두	餃子
계란	雞蛋
두부	豆腐
빵	麵包
식빵	麵包（通常指吐司麵包）
토스트	吐司
샌드위치	三明治
햄	火腿

햄버거	漢堡
치즈	起司
간식	（非正餐時間吃的）點心
후식	（飯後）甜點
디저트	甜點、糕點
과자	點心、（餅乾、糖果之類的）零食
사탕 / 캔디	糖果
껌	口香糖
초콜릿 / 초코	巧克力
아이스크림	冰淇淋

스테이크	牛排
샐러드	沙拉
케이크	蛋糕

21. 調味料

조미료	調味料
고추장	辣椒醬
후추	胡椒
고춧가루	辣椒粉
소금	鹽
설탕	糖
(식)초	醋
간장	醬油
된장	大醬、豆醬
소스	調味醬汁

22. 味道

맛	味道
신맛	酸味
단맛	甜味
쓴맛	苦味
매운맛	辣味
짠맛	鹹味

23. 生活起居

가정	家庭
집	家、餐廳、店
아파트	公寓
엘리베이터	電梯
옥상	頂樓
화단	花圃
마당	庭院
문	門
열쇠	鑰匙
벨	電鈴、鈴

창문	窗戶
유리	玻璃
꽃병	花瓶
거실	客廳
가구	傢俱
소파	沙發
커튼	窗簾
카펫 / 양탄자	地毯
방	房間
침실	寢室

객실	客房
장난감	玩具
인형	洋娃娃
공	球
전자제품 / 전기제품	電子產品、家電用品
티브이 / 텔레비전	電視
에어컨	冷氣
감기	感冒
기침	咳嗽

병	病
뉴스	新聞
신문	報紙
담배	香菸
라이터	打火機
재떨이	菸灰缸
침대	床
알람 (시계)	鬧鐘
벽	牆壁
그림	畫

달력	月曆
스위치	開關
천장	天花板
바닥	地板
옷장	衣櫥
서랍	抽屜
수납장	櫃子、壁櫥
잠옷 / 실내복 / 파자마	睡衣
슬리퍼	拖鞋

거울	鏡子
빗	梳子
화장대	梳妝台
화장품	化妝品
화장실	洗手間
욕실	浴室
욕조	浴缸
샤워	淋浴
세면대	洗手台
치약	牙膏

칫솔	牙刷
수건 / 타월	毛巾
샴푸	洗髮精
비누	香皂
변기	馬桶
휴지	衛生紙
화장지통	面紙盒
부엌 / 주방	廚房
냉장고	冰箱
오븐	烤箱

가스	瓦斯
식칼	菜刀
칼	刀
앞치마	圍裙
스펀지	海綿
수세미	絲瓜布
쓰레기	垃圾
발코니 / 베란다	陽台
세탁기	洗衣機

집안일	家事
식기	餐具
젓가락	筷子
숟가락	湯匙
포크	叉子
나이프	刀子
접시	盤子
그릇 / 사발	碗
유리컵	玻璃杯
커피잔	咖啡杯

머그잔	馬克杯
찻잔	茶杯
식탁	餐桌
책상 / 서탁	書桌
탁자 / 테이블	桌子
의자	椅子

24. 文具用品

책장	書櫃
문구 / 문방구	文具
붓	毛筆
연필	鉛筆
색연필	色鉛筆
크레용 / 크레파스	蠟筆
펜	筆
볼펜	原子筆
만년필	鋼筆

필통	鉛筆盒
지우개	橡皮擦
연필깎이	削鉛筆機
마커펜	麥克筆
자	尺
가위	剪刀

25. 電子通訊

컴퓨터	電腦
피시	PC、個人電腦
노트북 (「노트북 컴퓨터」 的簡稱)	筆電
(이)메일	電子郵件
전화	電話
전화기	電話機
전화번호	電話號碼
휴대폰 / 핸드폰	手機
문자	文字、簡訊

메시지 / 메세지	訊息
스마트폰	智慧型手機
태블릿	平板

26. 學校

학교	學校
기숙 / 하숙	寄宿
기숙사	（學校、員工的）宿舍
하숙집	宿舍（團體合宿的寄宿家庭）
반	班、班級
여학교	女校
남학교	男校
유치원	幼稚園
초등학교	國小、小學

중 (등) 학교	國中、中學
고등학교	高中
대학교	大學
대학원	研究所
교실	教室
자리	位子
학교 강당	學校禮堂
학원	補習班
숙제	作業

시험	考試
중간고사	期中考
기말고사	期末考
받아쓰기	聽寫
성적	成績
구두발표	口頭報告
교단	講臺
교탁	講桌
칠판	黑板
칠판지우개	板擦

분필	粉筆
시간표	課表
체육	體育
팀	團體、團隊
동아리	社團
개학	開學
학기	學期
등록	登記、註冊、報名
등록금	（大學的）註冊費、學費
수업 / 강의	課、上課

방학	放假
여름방학	暑假
겨울방학	寒假
졸업	畢業

27. 職業

직업	職業
학자	學者
교육자	教育者、教育家
교수	教授
교사	教師
강사	講師
학원강사	補習班老師
의사	醫生
간호사	護士
변호사	律師

경찰	警察
경찰관	警官
군인	軍人
공무원	公務員
소방관	消防員
비서	祕書
작가	作家
화가	畫家
촬영사	攝影師

기자 / 리포터	記者
아나운서	主播
사회자	主持人
연예인	藝人
가수	歌手
연기자 / 배우 / 탤런트	演員
여배우	女演員
스타	明星
모델	模特兒

광고모델	廣告模特兒
은행원	銀行員
엔지니어	工程師
회사원	上班族
(비행기) 조종사 / 비행사	機師
점원	店員
종업원	員工（通常指旅館或餐廳的員工）
청소부	清潔工

28. 企業

기업	企業
대기업	大企業
무역회사	貿易公司
광고회사	廣告公司
잡지사	雜誌社
출판사	出版社
신문사	報社
여행사	旅行社
부동산중개소	不動產仲介
이삿짐센터	搬家公司

29. 公司

회사	公司
사업	事業
회장	會長、董事長
사장	社長、老闆、總經理
직원	職員
동료	同事
명함	名片
회의실	會議室
회의	會議
보고서	報告

계획	計劃
날짜	日期、日子
일정	日程
스케줄	行程
사무실	辦公室
사무용 책상	辦公桌
서류	文件資料
계약	契約、合約
종이	紙
휴가 / 휴일	休假、假日

공휴일   國定假日、公休

30. 旅行

여행	旅行
해외여행	出國旅行
배낭여행	（背包客的）自助旅行
단체여행	團體旅行
관광	觀光
비자	簽證
여권	護照
비행기표	機票
출국	出國
귀국	回國

유학	留學
짐	行李
이삿짐	搬家的行李
배낭	背包
고향	故鄉
시골	鄉下
지방	地方、鄉下、當地
곳	地方
관광지	觀光景點
풍경 / 경치	風景

소풍	郊遊、遠足
드라이브	（開車）兜風

31. 世界

나라	國家
대만 / 타이완	臺灣
중국	中國
일본	日本
한국	韓國
미국	美國
영국	英國
독일	德國
유럽	歐洲

아시아	亞洲
호주	澳洲
프랑스	法國

32. 城市 / 地名

도시	都市
서울	首爾
명동	明洞
동대문	東大門
남대문	南大門
인천	仁川
경주	慶州
부산	釜山
대구	大邱
해운대	海雲臺

경복궁	景福宮
제주도	濟洲島
설악산	雪嶽山
홍콩	香港
상하이	上海
도쿄	東京
파리	巴黎

33. 語言

언어	語言
한국어 / 한국말	韓語
중국어 / 중국말	中文
한어	漢語、中文
일(본)어 / 일본말	日語
영어	英語
모국어	母語
외국어	外語

34. 交通

교통	交通
교통수단	交通工具
자전거	自行車、腳踏車
자가용	自用車
오토바이	機車
차	車
자동차	汽車
기차	火車
전철	電車
지하철	地鐵、捷運

고속철도	高鐵
택시	計程車
버스	公車
고속버스	客運
관광버스	遊覽車
비행기	飛機
배	船
주차장	停車場
(버스)정류장 / 버스정류소	公車站（牌）

버스터미널	客運站、公車總站、公車終點站
공항	機場
역	車站
지하철역	地鐵站、捷運站
기차역	火車站
운전면허증	駕照
사고	意外事故

35. 街道

길	路
거리	街
근처	附近
차도	車道、馬路
인도 / 보도	人行道
횡단보도	斑馬線
아케이드	騎樓
사거리 / 교차로	十字路口
신호등	紅綠燈

노란불	黃燈
빨간불	紅燈
파란불	綠燈（韓國的綠燈雖為綠色，但稱之為「藍燈」）
가로등	路燈
공중전화	公共電話
다리	橋
육교	天橋
지하도	地下道
고속도로	高速公路

36. 建築

건물	建築（物）
빌딩	建築、大樓、大廈
타워	高樓、大樓
탑	塔
성	城
교회	教會
도서관	圖書館
미술관	美術館
대사관	大使館
박물관	博物館

37. 方向 / 空間

위(쪽)	上面
아래(쪽)	下面
전 / 앞(쪽)	前面
후 / 뒤(쪽)	後面
다음	以下、下面
맞은편	對面
좌 / 왼쪽	左邊
우 / 오른쪽	右邊
옆	旁邊
안(쪽) / 속	裡面

바깥(쪽) / 밖	外面
겉	表面、外觀
가운데	中間
사이	～之間
동(쪽)	東邊
서(쪽)	西邊
남(쪽)	南邊
북(쪽)	北邊
가로	橫向
세로	縱向

동서남북	東西南北
전후좌우	前後左右

38. 商家 / 公共場合

공공시설	公共設施
책방 / 서점	書店
문구점 / 문방구	文具店
완구점	玩具店
가구점	傢俱店
사진관	照相館
영화관 / 극장	電影院
백화점	百貨公司
편의점	便利商店

상가	商家、商店街
슈퍼	超市
가게	店
마트	（大型）超市
시장	市場
식당	餐廳、餐館
꽃집 / 꽃가게	花店
경찰서	警察局
우체국	郵局

약국	藥局
은행	銀行
공원	公園
유원지 / 놀이동산	遊樂園
동물원	動物園
병원	醫院
산부인과	婦產科
피시방	網咖
노래방	KTV

빵집 / 빵가게	麵包店
전문점	專賣店
찜질방	汗蒸幕
목욕탕	澡堂
세탁소	洗衣店
이발소	理髮店
미용실	美容院、髮廊
중국집	中國餐廳、中華料理店
한식집	韓國餐廳、韓國料理店

양식집 / 레스토랑	西餐廳
호텔	飯店
결혼식	結婚典禮
파티	派對
카페	咖啡廳
커피숍	咖啡廳
포장마차	布帳馬車、路邊攤、小吃攤
주유소	加油站

39. 郵政事務

택배	宅配、快遞
소포	包裹
전보	電報
우체부	郵差
우체통	郵筒
우편함	信箱
우편물	郵件
우편	郵政、郵件
우편번호	郵遞區號
등기우편	掛號郵件、掛號信

보통우편	普通郵件、平信
우표	郵票
편지	信
봉투	封袋、信封、袋子
우편 봉투	信封
엽서	明信片
표	票、表

40. 銀行 / 金錢

돈	錢
동전	硬幣、銅板
용돈	零用錢
현금	現金
수표	支票
여행자수표	旅行支票
등록비 / 접수비	（登記）註冊費、報名費
비용	費用、支出
요금	費用、收費

예금 / 입금 / 저금	存款
통장	存摺
현금인출기	提款機
현금카드	提款卡
신용카드	信用卡
월급	月薪
봉급	薪水

41. 休閒娛樂

오락	娛樂
연극	話劇
연속극	連續劇
드라마	電視劇
영화	電影
콘서트	演唱會
음악회	音樂會
음악	音樂
노래	歌
가요	（流行）歌曲

연예계	演藝界
방송	（大眾）廣播、節目
생방송	現場直播
라디오	（電台）廣播、收音機
프로그램	節目
인터넷	網路
온라인	線上
게임	遊戲、電動、電玩

42. 裝扮

(1)服裝

옷	衣服
(와이)셔츠	襯衫
티셔츠	T恤
폴로셔츠	Polo衫
코트	大衣、外套
외투	外套
자켓	夾克
양복	西裝
정장	套裝

유니폼 / 제복	制服
스웨터	毛衣
원피스	洋裝
드레스 / 예복	禮服
치마 / 스커트	裙子
바지	褲子
청바지	牛仔褲
반바지	短褲
속옷	內衣
팬티	內褲

양말	襪子
수영복	泳衣
비옷	雨衣

(2)配件 》

모자	帽子
안경	眼鏡
선글라스	太陽眼鏡
시계	鐘、錶
손목시계	手錶
손수건	手帕

목도리 / 스카프	圍巾
장갑	手套
지갑	皮夾
가방	包包
머리띠	髮箍、髮帶
머리핀	髮夾
귀걸이 / 귀고리	耳環
목걸이	項鍊
반지	戒指

팔찌	手鍊、手鐲
허리띠 / 벨트	腰帶、皮帶
넥타이	領帶
브로치	胸針
핸드백	手提包
동전지갑	零錢包

(3)鞋子 〉〉

신발	鞋
구두	皮鞋

등산화	登山鞋
운동화	運動鞋
하이힐	高跟鞋

43. 節日

기념일	紀念日
명절	節日
신정 【양력설】	元旦【陽曆一月一日】
설날 / 구정 【음력설】	春節【農曆一月一日】
어린이날	兒童節
어버이날	父母節
단오	端午節
추석	中秋節
크리스마스	聖誕節

발렌타인데이	情人節
화이트데이	白色情人節

44. 尊敬語

말씀 (「말」的尊敬語)	話
진지 (「밥」的尊敬語)	膳、餐、飯
댁 (「집」的尊敬語)	府上、家
분 (「사람」的尊敬語)	人士、人
성함 / 존함 (「이름」的尊敬語)	貴姓大名、尊姓大名
연세 (「나이」的尊敬語)	貴庚、年齡

45. 指示代名詞

(1)事物 》

이것	（近稱 / 離說者近）這個
그것	（中稱 / 離說者遠）那個
저것	（遠稱 / 離聽者與說者皆遠）那個
이거 (「이것」的簡稱)	這個
그거 (「그것」的簡稱)	那個
저거 (「저것」的簡稱)	那個

(2)空間（處所）/ 方向 》

여기 / 이곳	（近稱 / 離說者近）這裡

거기 / 그곳	（中稱 / 離說者遠）那裡
저기 / 저곳	（遠稱 / 離聽者與說者皆遠）那裡
이쪽	（近稱 / 離說者近）這邊
그쪽	（中稱 / 離說者遠）那邊
저쪽	（遠稱 / 離聽者與說者皆遠）那邊

(3)人物

이분	（近稱 / 離說者近）這位
그분	（中稱 / 離說者遠）那位
저분	（遠稱 / 離聽者與說者皆遠）那位
이들	（近稱 / 離說者近）這些人

그들	（中稱／離說者遠）那些人
저들	（遠稱／離聽者與說者皆遠）那些人

(4)時間

이때	此時
그때	那時
이번	這次
저번	那次

二、動詞

　　有了充分的名詞詞彙量後,接下來的得分關鍵便是動詞,因為動詞主導著整個句子的方向,同時動詞也與文法有著密不可分的關係。不過在牢記動詞變化之前,得先將原形根深蒂固地植入腦中,尤其遇到同音異義的字,更要格外小心分辨。

動詞篇略語:

自 自動詞

他 他動詞

自他 兼具自動詞與他動詞功能的動詞

被 被動詞

使 使動詞

1. 自動詞（不及物動詞）

가다	去
오다	來、下（雨、雪）
내리다	下（雨、雪）、下（車）
그치다	（雨）停、停止
멈추다	自他 停
불다	自 颳（風）、吹　他 吹
내려가다	（氣溫）下降、下去
올라가다	上去、上升、上漲
오르다	上升、上漲
뜨다	自 漂浮、升起、浮出 他 睜開、舀、盛

흐르다	流下、流逝
빠지다	掉、陷入
떨어지다	掉落、（成績）退步
뒤떨어지다	落後
늘다	增加、進步
줄다	減少、減輕
피다	（花）開
시들다	凋謝
지다	自 輸、掉落、出現、凋零 他 背負、負（責）
이기다	自他 贏

들다	目 進入、加入、中意、花（錢）、感染　他 拿、舉（例）
들어가다	進去、回（家）、回去
들어오다	進來
돌아가다	回去、折返、旋轉
돌아오다	回來、歸來、繞路
돌아보다	回頭看、回顧
나가다	出去、出場、參加
나오다	出來
찾아오다	拜訪、來訪
떠나다	目他 離開

옮다	傳染、感染、蔓延
다니다	往返、上（班、學）、去
다녀오다	（出去一趟）回來
춤추다	跳舞
걷다	自 走
걸어가다	走路去、走去
걸어오다	走路來、走來
달리다	自他 跑　自 掛
뛰다	自他 跳躍、跑
걸어다니다	來回走動、走來走去

움직이다	動、動搖、運轉
구르다	圓 滾　他 跺（腳）
돌다	轉、繞
웃다	圓 笑　他 嘲笑
울다	哭、鳴叫、啼
신나다	開心、興奮
화나다	生氣
힘들다	累
지치다	疲憊、筋疲力盡
되다	變成、成為

변하다	自 變、變化　他 變
나다	產生、出
생기다	發生、產生、有、長出、長得～
태어나다	出生、誕生
깨다	自 醒來、覺悟　他 打破
일어나다	起來、發生（火災、紛亂）
앉다	坐
눕다	躺
무너지다	倒下、倒塌
자라다	長大、成長、長（高）

찌다	自 長（肉）、變胖 他 砍、劈、蒸
빨개지다	變紅
까매지다	變黑
파래지다	變藍、（臉色）變蒼白、發青
모이다	聚集、集合
장난치다	嬉戲、調皮搗蛋、惡作劇
놀다	玩、休息
쉬다	自他 休息　自 嘶啞、啞
숨쉬다	呼吸
지내다	度過、相處

묵다	投宿、下榻、陳舊、荒廢
살다	活、生活、住
죽다	死
늙다	老
걸리다	生（病）、掛住、花費（時間）、犯（法）、打（電話）、被發現
끝나다	結束
틀리다	錯、不同
맞다	自 迎接、對、合適 他 打、打（針）、命中
어울리다	適合、協調、和諧
익다	熟、成熟、醃好

벌어지다	裂開、寬廣、伸展、舉行、爆發
넘다	溢出、超過、越（線）
남다	剩下、留下、盈餘
모자라다	不足、不夠
새다	洩露、漏
싸우다	吵架、打架
다투다	自 吵架 他 爭辯、爭
헤어지다	分開、分手
놀라다	驚嚇、驚訝
숨다	藏、躲藏

속다	受騙、上當
비키다	自他 閃躲、讓開
빛나다	發光
반하다	著迷、相反
미치다	瘋、瘋狂、涉及、影響
날다	飛、褪（色）、散發（氣味）、揮發
붙다	黏、沾、附著、考上、著火
썩다	自 腐爛　自他 擔憂
녹다	融化、暖和起來、化解
식다	涼、冷、降溫

어색하다	不自在、尷尬
망하다	滅亡、垮、完了
얻어먹다	自他 讓～請客、挨罵
밀리다	堆積、塞車、被拖延
묻다	沾、染
묻히다	被埋、被埋沒
울리다	響
더하다	加
자다	睡

2. 他動詞（及物動詞）

하다	做
좋아하다	喜歡
싫어하다	討厭
듣다	聽
묻다	問
묻다	埋、藏
알아보다	打聽、找
구하다 （求하다）	求（職）、找
만나다	**自他** 見面、遇見

보다	看
읽다	看（書）、讀、唸
바라보다	望著、注視
둘러보다	環顧四周、觀望
살피다	觀察、觀望
기다리다	等待
그리다	畫、懷念
부르다	叫、唱
추다	跳（舞）
쓰다	寫、用、花（錢）、撐（傘）、戴（眼鏡、帽子）

적다	填寫、寫下、記錄
그만두다	作罷、辭職
사다	買
팔다	賣
알다	懂
알아주다	了解、體諒
모르다	不懂、不知道、不認識
믿다	相信
쉬다	呼吸
먹다	吃

마시다	喝
맛보다	嚐、體會、體驗
삼키다	吞、狼吞虎嚥
씹다	嚼
피우다	抽（菸）
배우다	學習
외우다	背、記
가르치다	教
대다	摸、動（手）、觸碰、貼、靠
만지다	摸

데리다	帶、接
안다	抱
가지다 (縮寫：「갖다」)	帶、拿、擁有、具備
가져가다	帶走、帶去
가져오다	帶來
갖추다	設有、準備、備齊
챙기다	準備、收拾、打理
거두다	收拾、收割、獲得
꾸리다	捆、收拾

묶다	捆綁、拴、集結（成冊）
엮다	編、編織
잃다	失去、遺失
버리다	丟掉、拋棄
치다	拍、打、撒
털다	拍打、抖
꾸다	做夢
지키다	守護、遵守
위하다	為了～

타다	搭（船、車、飛機）、 騎（馬、車）、泡（茶）
올라타다	自他 搭乘、上（車）
갈아타다	換乘
주다	給
받다	收、接受
받아주다	接受
얻다	得到
빗다	梳
입다	穿（衣、褲）
신다	穿（鞋、襪）

벗다	脫
갈아입다	換（衣服）
바꾸다	換、變更、轉接
두다	放下、擱置
놓다	放手、放開
넣다	放入、加入、裝進
낳다	生、產
자르다	剪、截
가르다	分、劈開、切開
나누다	分、分開、互相（說話）

기르다	培養、留（鬍子）
가꾸다	栽種、打扮
아끼다	愛惜、疼愛
잊다	忘記
까먹다	忘記、嗑（核桃）
찾다	找、提（款）、領取
맞추다	訂做（衣服）、對（答案）、安裝
만들다	他 製造、製作、辦理
짓다	建（造建築物）、製作、耕種
고르다	挑選、整理

뽑다	抽、選出
빼다	抽掉、減去、扣除、減（肥）
부치다	寄（信）
보내다	寄（E-mail）、送、派、度過
바르다	塗、擦
닦다	刷（牙）、擦
깎다	剪、減少、削
낚다	釣（魚）、勾引
빌다	祝、祈求
바라다	希望、想要、期待

원하다	希望、想要
따르다	自他 跟著、跟上、遵從、按照
따라오다	跟上來
따라가다	跟去
비추다	照耀
내다	交、出（錢）
꺼내다	拿出、掏出
켜다	開（燈）、點（火）、 拉（小提琴）
끄다	關（燈）、熄（火）
열다	開（門）、開（會）

닫다	關（門、窗）
볶다	炒
굽다	烤
삶다	煮、燉
끓이다	煮、熬（湯）、滾（湯）
담그다	浸、醃
끊다	戒、斷絕、弄斷、買（車票）
마치다	完成、結束
끌다	拖、拉、牽引、吸引
가리다	自他 擋、遮住

막다	塞、阻擋、阻止、打斷、遮住
가로막다	打斷、攔截、阻礙
찍다	照(相)
박다	釘、嵌入、印刷
말리다	弄乾、烘乾、勸阻
돕다 / 도와주다	幫忙
미루다	拖延、延後、推卸
빨다	洗(衣)
씻다	洗、洗清

지내다	祭拜、舉行（葬禮）
달다	掛、別、佩戴、要求
따다	摘、採（茶）、取得（資格）
꺾다	摘、折斷、折、摺
빌리다	借
돌려주다	歸還
갚다	償還、復（仇）、回報
돌리다	分配、轉移（視線）
옮기다	搬、移
맡다	承擔、承辦、擔任、代為保管、聞

잇다	連接、繼承
느끼다	感覺
감다	閉上、纏繞
누르다	壓、按
싸다	包、圍
감싸다	包庇、坦護
감추다 / 숨기다	隱瞞、隱藏
견디다	自他 忍耐、承受
놓치다	放走、錯過

던지다	丟、擲、扔
때리다	打
벌다	賺
붙이다	貼、黏
건너다	他 穿越、越過、渡
섞다	混和、攪拌
비비다	攪拌
모으다	收集
올리다	奉上
이루다	達到、實現、舉行

마음먹다	（下定）決心
잡아먹다	占據、浪費（時間）
풀다	解開、解決、消除、實現
고치다	修理、修正
구하다 （救하다）	搶救
다하다	他 竭盡〜、完成　自 結束、完結
피하다	避開、閃躲

3. 하다動詞

말하다	說
이야기하다	講話、聊天、說故事
인사하다	打招呼、問候、請安
대답하다	回答
대화하다	對話
공부하다	唸書、學習
독서하다	讀書
출근하다	上班
퇴근하다	下班
근무하다	工作、值班

일하다	工作、做事
선택하다	選擇
약속하다	約會、約定、承諾
데이트하다	約會
청혼하다	求婚
결혼하다	結婚
이혼하다	離婚
사랑하다	愛
연애하다	談戀愛
생각하다	想、考慮

예약하다	預約
예매하다 (豫買하다)	預購
예매하다 (豫賣하다)	預售
주문하다	訂購、點（餐）
식사하다	用餐
신청하다	申請
제출하다	提出
취소하다	取消
포기하다	放棄

계속하다	繼續、一直
이용하다	利用、使用
연락하다	聯絡
전화하다	打電話
질문하다	發問
문의하다	詢問
설명하다	說明
연기하다 (演技하다)	演戲
출연하다	演出

상상하다	想像
제외하다	除外
포함하다	包含
투표하다	投票
존경하다	尊敬
명심하다	銘記
기억하다	記得
구경하다	參觀、觀賞
소개하다	介紹
초대하다	招待

목욕하다	洗澡
세수하다	洗手、洗臉
세탁하다 / **빨래하다**	洗（衣）
보답하다	報答
농담하다	開玩笑
거짓말하다	說謊
실수하다	失誤、犯錯
긴장하다	緊張
준비하다	準備

노력하다	努力
결심하다	決心
결정하다	決定
걱정하다	擔心
염려하다	掛念
이해하다	理解、體諒
조심하다	小心
등록하다	註冊、登記、報名
시작하다	開始
실례하다	抱歉

감사하다	感謝
감상하다	鑑賞、欣賞
절약하다	節約
진행하다	進行
연기하다 （延期하다）	延期
지각하다	遲到
참석하다	出席、參加
결석하다	缺席
입원하다	住院

퇴원하다	出院
입학하다	入學
퇴학하다	退學
출발하다	出發
외출하다	外出
도착하다	抵達
부탁하다	拜託
경고하다	警告
운전하다	駕駛
도전하다	挑戰

선물하다	送禮物
합격하다	合格
비교하다	比較
발견하다	發現
축하하다	祝賀、恭禧
취업하다	就業
개업하다	開業
개설하다	開設
거래하다	交易、買賣
결제하다	結清、結算

계산하다	計算
검사하다	檢查
검색하다	搜尋
상의하다	商議、商談
성공하다	成功
실패하다	失敗
무시하다	無視、忽略、輕視
자랑하다	驕傲、自豪、炫耀
동의하다	同意
반대하다	反對

발표하다	發表
발전하다	發展
발달하다	發達

4. 被動詞 / 使動詞

보이다 （原形「보다」）	被 看見、看起來～ 使 讓～看、出示
들리다 （原形「듣다」）	被 聽見、傳來 使 讓～聽見
밀리다 （原形「밀다」）	被 積壓、擠
막히다 （原形「막다」）	被 塞的、堵的
묻히다 （原形「묻다」）	被 被埋　被 使沾上
들리다 （原形「들다」）	被 被舉起、被提起
열리다 （原形「열다」）	被 （門）被打開、被舉行

닫히다 （原形「닫다」）	被 （門）被關上
키우다 （原形「크다」）	使 養育、培養
세우다 （原形「서다」）	使 建造、豎立、停（車）
끝내다 （原形「끝나다」）	使 結束、完成
늘리다 （原形「늘다」）	使 （數量、體積）增加
줄이다 （原形「줄다」）	使 減少、縮小、縮減
남기다 （原形「남다」）	使 留下（訊息）、剩下

넘기다 (原形「넘다」)	使 吞下、翻、度過
살리다 (原形「살다」)	使 救活
알리다 (原形「알다」)	使 通知
놀리다 (原形「놀다」)	使 讓～玩
달리다 (原形「닫다」)	使 使～跑
내다 (原形「나다」)	使 發（脾氣）
돌리다 (原形「돌다」)	使 使旋轉、轉動

올리다
(原形「오르다」)

使 使提高、升起

5. 敬語

(1)特殊尊敬語

계시다 (「있다」的尊敬語)	在
드시다 (「먹다 / 마시다」 的尊敬語)	用餐、吃、喝
말씀하시다 (「말하다」的尊敬 語)	說

(2)特殊謙讓語

드리다 (「주다」的謙讓語)	給、（我）為您～
말씀드리다 (「말하다」的謙讓 語)	說

뵙다 (「보다 / 만나다」 的謙讓語)	看、見
만나뵙다 (「만나다」的謙讓 語)	見面
여쭙다 (「묻다」的謙讓語)	請教、問

三、形容詞

　　韓語中部分的形容詞與動詞外形十分相似，尤其有一些語意，中文翻譯看起來像動詞，而韓文卻可能是形容詞。只要能配合本書的分類，循序漸進地學習，不僅有助於釐清各單字的詞性，也能將複雜的韓語變得簡單又有趣！

形容詞篇略語：

形 動 形容詞與動詞兩用

1. 存在

있다	形動 有、在
없다	沒有、不在

2. 指示形容詞

이렇다	這樣的
그렇다	那樣的
저렇다	那樣的
어떻다	怎樣的

3. 顏色

검다 / 까맣다	黑的
희다 / 하얗다	白的
빨갛다	紅的
노랗다	黃的
파랗다 / 푸르다	藍的、青的
짙다	（顏色）深的、（香味、霧）濃的、（印象）深刻的
옅다	（顏色）淺的
진하다	（顏色）深的、（香味、妝）濃的、濃稠的
연하다	（顏色）淺的、淡（妝）、軟的、嫩的

4. 心理

좋다	好的、開心的、喜歡的
싫다	討厭的、不喜歡的
밉다	恨、討厭的
반갑다	高興的
기쁘다	高興的、開心的
즐겁다	開心的、愉快的、享受的
행복하다	幸福的
슬프다	悲傷的
속상하다	傷心的
무섭다	可怕的、嚇人的

두렵다	害怕的
부럽다	羨慕的
부끄럽다	害羞的
창피하다	丟臉的
친하다	親密的、感情很好的
외롭다	寂寞的
섭섭하다	依依不捨的、遺憾的
아쉽다	捨不得的、可惜的
그립다	懷念的、思念的
답답하다	（胸口、空氣）悶的、煩悶的

괴롭다	難熬的、難受的、心煩的
피곤하다	疲勞的
만족하다	滿足的、滿意的
고맙다	感謝的
미안하다 / 죄송하다	抱歉的

5. 味覺、感覺

시큼하다	酸的
시다	酸的、酸痛的
달콤하다	甜的、甜蜜的、甜美的
달다	甜的、香甜的、甘甜的
쓰다	苦的
맵다	辣的
짜다	鹹的
싱겁다	（味道）淡的
향기롭다	芬芳的、香的

구리다 / 고리다	臭的、腐臭的
산뜻하다	清新的（空氣）、清爽的、俐落的、愉快的
아프다	痛的
편찮다	欠安的、不舒服的、生病的（多以敬語「편찮으시다」的形式出現）
고프다 / 배고프다	餓的、肚子餓的
부르다 / 배부르다	飽的
가렵다	癢的
인상적이다	印象深刻的

익다	熟練的、熟悉的、（耳）熟的、習慣的
익숙하다	熟練的、熟悉的、很了解的、習慣的
서투르다	生疏的、不熟的、不擅長的
낯설다	陌生的
밝다	（光線、天色）明亮的、（色彩）鮮艷的、開朗的
어둡다	黑暗的
차다	冰的
뜨겁다	燙的

6. 天氣

춥다	冷的
덥다	熱的
시원하다	涼的
시원스럽다	涼爽的、爽快的
쌀쌀하다	冷颼颼的、冷淡的
싸늘하다	冰冷的
따뜻하다	（天氣、水）溫暖的
맑다	晴朗的
흐리다	陰（天）、朦朧的

7. 評價

나쁘다	不好的、壞的
낫다	好的、痊癒的
괜찮다	不錯的
맛있다	好吃的、美味的
맛없다	難吃的、沒味道的
재미있다	有趣的
재미없다	無聊的、無趣的
변함없다	沒有變的、一貫的
유명하다	有名的
편하다	方便的、舒服的

편리하다	方便的、便利的
불편하다	不方便的、不舒服的
확실하다	確實的
비싸다	貴的
싸다	便宜的
값싸다	廉價的、低價的
값지다	高價的
소중하다	珍貴的、貴重的
쉽다	容易的
어렵다	困難的

간단하다	簡單的
복잡하다	複雜的
까다롭다	難的、棘手的、挑剔的
신기하다	新奇的、神奇的
묘하다	奇妙的
특별하다	特別的
이상하다	奇怪的
당연하다 / 마땅하다	當然的

8. 性質、狀態

크다	大的、（身高）高的
작다	小的、（身高）矮的
날씬하다	苗條的
뚱뚱하다	胖的
멋있다	帥的
잘생기다	帥的、漂亮的、長得好看的
못생기다	醜的、長得難看的
귀엽다	可愛的
예쁘다	漂亮的
아름답다	美麗的

곱다	漂亮的、善良的、（皮膚）嫩的
착하다	善良的、乖巧的
명랑하다	開朗的
어리다	年幼的、幼稚的
젊다	年輕的
건강하다	健康的
진지하다	認真的、真誠的
꼼꼼하다	仔細的
훌륭하다	卓越的、優秀的
똑똑하다	聰明的

어리석다	愚蠢的
못되다	壞的、沒用的
부지런하다	勤勞的
근면하다	辛勤的
게으르다	懶的
깨끗하다	乾淨的
더럽다	髒亂的
바르다	整齊的、正確的、正直的、工整的
다르다	不同的

비슷하다	相似的
같다	相同的
똑같다	一模一樣的
조용하다	安靜的
시끄럽다	吵的
가깝다	近的
멀다	遠的
길다	長的
짧다	短的
새롭다	新的

낡다	老舊的
두껍다	（厚度、臉皮）厚的
얇다	（紙、厚度、臉皮）薄的、扁的
두텁다	（交情）深厚的
엷다	（內涵）淺的
깊다	（深度）深的、深厚的
얕다	（深度）淺的、膚淺的
높다	高的、高大的
낮다	低的、矮的、卑微的
굵다	粗的

가늘다	細的
거칠다	粗糙的、粗魯的、粗心的
세심하다	細心的
부드럽다	柔軟的、溫柔的、溫和的
든든하다	結實的、堅固的、踏實的
무뚝뚝하다	生硬的、木訥的、不苟言笑的
많다	多的
적다	少的
수많다	很多的
다양하다	各式各樣的、各種的

무겁다	重的、沉重的、穩重的、（口風）緊的
가볍다	輕的
바쁘다	忙碌的
한가하다	空閒的
심심하다	無聊的、（味道）清淡的、深切的
세다	強的、（力氣）大的
강하다	強的
약하다	弱的
빠르다	快的
느리다	慢的

이르다	早的、提前的
늦다	晚的、遲的
대단하다	了不起的
심각하다	（病情、事態）嚴重的、慘重的
심하다	（病情）嚴重的、過度的
편안하다	平安的、平靜的
안전하다	安全的
위험하다	危險的
조심스럽다	小心的
가능하다	可能的

무리하다	勉強的、不合理的
부족하다	不足的、不夠的

四、副詞

　　副詞在整個句子中也扮演著不可或缺的角色，是讓語言變得更加豐富的調味料，雖然未必每句都會出現，但它卻有讓句子加分的效果，寫作時若能多善加利用，便能架構出一篇生動有趣的文章。

1. 否定副詞

못	不能、無法
안	沒~、不~

2. 否定敘述語呼應副詞

더 이상 （後接否定）	（不）再～
별로 （後接否定）	（不）太～
전혀 （後接否定）	完全（不、沒）～

3. 性狀副詞

(1)狀態 》

어서 / 빨리	快
얼른	趕快、趕緊
급히	急
천천히	慢慢地

(2)程度 》

한참	好一會兒、老半天
가장 / 제일	最
좀	稍微
조금	一些、一點

훨씬	更
다시	再
정말	真的
진짜	真的
잘	很
꽤	相當
매우	非常、很
아주	非常、很
너무	太、過分、很
너무나	太、很

몹시	非常
굉장히	相當、非常
많이	很、多
거의	幾乎
대부분	大部分
다	全、都
모두	全部、都
전부	全部
온통	全部、整個
더	更

또	又、再
게다가	而且
더구나	再加上

(3)頻率

가끔	偶爾、時常
때때로 / 때로(는) / 때론	有時
자주	經常
항상	總是
늘	總是、一直

끊임없이	不斷地
쭉	連續地、一直
계속	連續、一直

4. 文句副詞

꼭	一定
반드시	一定
절대	絕對
마치	好像、似乎
만약 / 만일	萬一、如果
아마	大概、可能
설마	難不成、該不會
과연	究竟
결과	結果
역시	果然、不愧是～

차라리	乾脆、還不如就~
오히려	反而
어차피	反正
아무리	再怎麼~、就算是~
하여튼	無論如何
비록	即使
다행히	幸好
부디	千萬、務必
제발	拜託

사실은 / 실은	其實、事實上
비로소	才
겨우	終於、好不容易、僅僅

come off duty

5. 常用副詞

혹은	或
물론 / 당연히	當然
오래	長久
영원히	永遠
열심히	認真地、努力地
적당히	適當地
특별히	尤其是～
가만히	靜靜地、安安穩穩地
조용히	安靜地

살짝	悄悄
살살	悄悄、輕輕地、慢慢地
몰래	偷偷地、暗中
안녕히	平安地
무사히	平安無事地
오랜만에 / 오래간만에	隔好久才~、難得~
모처럼	特地、難得
일부러	特意、故意
그냥	就（只是）~

그저	就只是~、只不過是~
마침	正好、剛好、正巧
막	正好、剛好、馬上、剛、隨意
바로	正、正直、直接
똑같이	一模一樣
원래대로	照原樣、照舊
그대로	照樣
변함없이	不變
여전히	依然、仍舊
잘못	錯、錯誤

점점	漸漸
깜빡	一下子、一時（忘了）、 （燈光）閃爍
깜짝	突然、（嚇）一跳
함께 / 같이	一起
서로	互相、彼此
따로	另外、分開、單獨
뜻밖에 / 예상외로	意外、沒想到
새로	新～

6. 程度指示副詞

이렇게	這樣、這麼
그렇게	那樣、那麼
저렇게	那樣、那麼

7. 方向指示副詞

이리	（往）這邊
그리	（往）那邊
저리	（往）那邊

Housewarming Party

8. 時間指示副詞

아까	剛剛
방금	剛才、剛剛
금방	剛才、馬上、立刻
곧	馬上、立刻
당장	當場、馬上
직접	直接、親自
갑자기	突然
문득	忽然
이미	已經
벌써	已經、早就～

아직 / 아직도	還～、仍然
일찍	提早、早
잠시	一會兒
잠깐	一下
이따가	待會兒
어느새	不知不覺間
언제나	無論何時、總是
먼저 / 우선	首先、先
마침내	最後、終於
드디어	終於

전에	之前
얼마 전에	不久前
잠시 후(에)	稍後
나중에	之後、下次
당분간	暫時
앞으로	以後、將來
평소에	平時

9. 時間副詞（天數）

하루	一天、【農曆】（初）一
이틀	兩天、【農曆】（初）二
사흘	三天、【農曆】（初）三
나흘	四天、【農曆】（初）四
닷새	五天、【農曆】（初）五
엿새	六天、【農曆】（初）六
이레	七天、【農曆】（初）七
여드레	八天、【農曆】（初）八
아흐레	九天、【農曆】（初）九
열흘	十天、【農曆】（初）十

열하루	十一天、【農曆】十一日
열이틀	十二天、【農曆】十二日
보름 / 열닷새	十五天、【農曆】十五日
스무날	二十天、【農曆】二十日

10. 接續副詞

(1)順接

그럼 / 그러면	那麼、那樣的話
그리고	還有、和
게다가	而且、再加上
더구나	再加上
또는	或
및	及
또	又
그래서	所以

그러니까	所以、因此
따라서	所以、因此

(2)逆接 》

그러나	然而
하지만 / 그렇지만	雖然
그런데	但是

(3)其它 》

～면서	一邊～一邊～

五、疑問代名詞

　　疑問代名詞的單字量不多，只需幾分鐘就能熟記，之後再遇到疑問句時，就能直接派上用場。

어디	哪裡
언제	什麼時候
누구	誰
누가 (「누구가」的縮 寫，「가」是格助 詞)	誰
얼마	多少、多久
어느	哪個
어떤	(用於人或事物的特性)什麼樣的～
무슨	(用於事物)什麼樣的～
무엇	什麼

뭐 (「무엇」的縮寫)	什麼
몇~	幾~

Memo

六、不定代名詞

　　疑問代名詞大多身兼不定代名詞的功能，所以若是疑問代名詞只需花幾分鐘就能熟記，那麼不定代名詞可能只需幾秒鐘就能搞定！

어디	哪裡
언제	什麼時候
누구	誰
무엇 / 뭐	什麼
아무	誰、任何～

七、感嘆詞

　　日常生活、會話中不時會出現感嘆詞，每一個感嘆詞都帶有不同的意義與情緒。由於韓語有時會以較含蓄的方式表達，因此可能只是一個感嘆詞就說明了一切。也因此，唯有懂得感嘆詞的運用，方能更加深入了解韓國文化。

안녕	你好、再見
여보	（夫妻彼此間的稱呼）老公、老婆
여보세요	（接聽電話時）喂
그럼	是啊、當然
아이고	唉喲
어머(나)	天啊
글쎄	（表不確定）這個嘛……、不好說
그렇지	沒錯
좋아	很好
자	來

아	（表理解）啊
응	（表肯定的回答）嗯
예 / 네	是、對
아니요 / 아냐	不是、不對
그래	（反問時）是嗎、是、對
음	（表猶豫或不滿等）嗯……
저	那個
에	（表猶豫）嗯……
어	（表驚訝）咦
뭐	什麼

八、常用招呼語

　　韓國是個相當注重禮貌的國家，而本篇所收錄的常用招呼語更是韓國人生活中幾乎天天都會用到的問候語。只要背熟這些問候語，時常禮貌地問候、打招呼，便可迅速與韓國人拉近距離，也能展現禮儀與教養。

안녕하세요? / 안녕!

您好、您好嗎？ / 你好！

만나서 반갑습니다!

很高興見到您、很高興認識您！

오래간만이에요!

好久不見！

잘 지내셨어요?

您過得好嗎？

어떻게 지내셨어요?

您過得怎麼樣？

별고 없으시죠? / 별일 없지?

別來無恙？ / 還是老樣子吧？

여전하시네요.

您還是老樣子、您一點都沒有變。

안부 전해 주세요.

請代我（向他）問好。

건강 조심하세요.

請多保重身體。

어서 오세요!

歡迎光臨、快請進！

좋은 아침이에요!

早安！

잘 자요!

晚安！

잘 잤어요?

（昨晚）睡得好嗎？

(안녕히) 계세요!

（離去時，若對方尚未要離開時）再見！

(안녕히) 가세요!

（送客時）再見、路上小心、小心慢走！

나오지 마세요!

不用（出來）送了！

또 봐요. / 또 뵈요!

再見！

다녀오겠습니다!

（去去就回）我出門了！

다녀왔습니다!

我回來了！

수고하셨어요!

您辛苦了！

잘 다녀오세요!

（對暫時外出遠行的人說）一路順風、路上小心！

잘 부탁드립니다!

請多多關照、請多多指教！

감사합니다! / 고맙습니다!

謝謝！

죄송합니다! / 미안합니다!

對不起！

실례합니다!

抱歉！、不好意思

실례지만...

不好意思……

새해 복 많이 받으세요!

新年快樂！

축하해요!

恭禧！

九、數字 / 單位 / 量詞

　　韓語數字的唸法分為「漢字語數詞」和「固有語數詞」兩種，分別使用於不同的場合，本篇詳細列出各種生活中常會用到的相關單位與量詞供學習者搭配使用，只要熟記，日後對於數字的運用就能無往不利、不再畏懼。

1. 漢字語數詞

영 / 공	일	이	삼	사
零	一	二	三	四
오	육	칠	팔	구
五	六	七	八	九
십	십일	이십	삼십	백
十	十一	二十	三十	一百
이백	천	이천	만	이만
二百	一千	二千	一萬	二萬
일억	이억	일조		
一億	二億	一兆		

2. 固有語數詞

하나 / 한	둘 / 두	셋 / 세	넷 / 네
一	二	三	四
다섯	**여섯**	**일곱**	**여덟**
五	六	七	八
아홉	**열**	**열하나 / 열한**	**스물 / 스무**
九	十	十一	二十
서른	**마흔**	**쉰**	**예순**
三十	四十	五十	六十
일흔	**여든**	**아흔**	**백**
七十	八十	九十	一百

3. 漢字語數詞 + 時間

(1)年

일 년	이 년	삼 년	사 년	오 년
一年	二年	三年	四年	五年
육 년	칠 년	팔 년	구 년	십 년
六年	七年	八年	九年	十年

(2)月份

일월	이월	삼월	사월	오월	유월
一月	二月	三月	四月	五月	六月
칠월	팔월	구월	시월	십일월	십이월
七月	八月	九月	十月	十一月	十二月

(3)日子・天數 》

일 일	이 일	삼 일	사 일	오 일
一日、一天	二日、二天	三日、三天	四日、四天	五日、五天
육 일	칠 일	팔 일	구 일	십 일
六日、六天	七日、七天	八日、八天	九日、九天	十日、十天

(4)時間 》

일 분	이 초
一分	二秒

(5)期間 》

일 주	일주일	일 개월
一週	一星期	一個月

(6)年代、年度 》

구십년대	이천십일 년도
九零年代	2011年度

4. 漢字語數詞 + 單位

(1)長度、距離、重量、容量單位 》

~센티(미터)	~公分
~미터	~公尺
~킬로(미터)	~公里
~그램	~公克
~킬로(그램)	~公斤
~톤	~噸
~리터	~公升

(2)貨幣單位 》

~원	~韓圜
~엔	~日元
~달러	~美元

(3)其它常用單位 》

~인분	~人份
~학년	~年級
~층	~樓
~도	~度
~등	（等級）~等

~급	（級數）~級
~퍼센트 / ~프로	（百分比）百分之~
~교시	第~堂
~페이지 / ~쪽	（第）~頁

5. 固有語數詞 + 時間

(1)～點

한 시	두 시	세 시	네 시
一點	二點	三點	四點
다섯 시	**여섯 시**	**일곱 시**	**여덟 시**
五點	六點	七點	八點
아홉 시	**열 시**	열한 시	열두 시
九點	十點	十一點	十二點

(2)～小時

한 시간	두 시간	세 시간	네 시간
一小時	二小時	三小時	四小時
다섯 시간	**여섯 시간**	**일곱 시간**	**열 시간**
五小時	六小時	七小時	十小時

(3)〜歳

한 살	두 살	세 살	네 살
一歲	二歲	三歲	四歲
다섯 살	열 살	열한 살	스무 살
五歲	十歲	十一歲	二十歲
스물한 살	서른 살		
二十一歲	三十歲		

(4)〜個月

한 달	두 달	석 달	넉 달
一個月	二個月	三個月	四個月
다섯 달	여섯 달	열 달	열두 달
五個月	六個月	十個月	十二個月

6. 固有語數詞

(1)數詞+量詞

～사람	～人
～식구	（一家）～口
～명	～名
～분	～位
～마리	～隻、～匹、～頭、～條
～개	～個
～잔	（酒、咖啡）～杯
～컵	（水、牛奶）～杯
～그릇	～碗

~접시	~盤
~병	~瓶
~캔	~罐
~번	~次、~回、~號
~장	~張、~件
~권	~本
~통	~封
~부	~份
~벌	（西裝）~套、（筷子）~雙、（撲克牌）~副
~켤레	（襪子、鞋、手套）~雙

～쌍	（襪子）～雙、（耳環）～對、～副
～대	～台、～輛
～가지	～種
～송이	～朵、～串
～다발	～束
～그루	～棵
～채	～棟、～幢
～갑	（香菸）～盒
～상자	～箱、～盒
～박스	～箱

~봉지	~包、~袋
~척	~艘
~알	~粒

(2)人數 》

혼자	둘이	셋이	넷이	다섯이
一個人	二個人	三個人	四個人	五個人

7. 漢字語順序詞

제일	제이	제삼	제사	제오
第一	第二	第三	第四	第五
제육	제칠	제팔	제구	제십
第六	第七	第八	第九	第十

8. 固有語順序詞

(1)順序

첫째	둘째	셋째	넷째
第一	第二	第三	第四
다섯째	**열째**	열한째	스무째
第五	第十	第十一	第二十

(2)順序、次數

첫 번째	두 번째	세 번째	네 번째
第一（次）	第二（次）	第三（次）	第四（次）
다섯 번째	**열 번째**	열한 번째	스무 번째
第五（次）	第十（次）	第十一（次）	第二十（次）

十、附錄

本篇收錄用言的規則與變則變化，考前複習不僅能提升文法實力，也有助於檢定考試拿高分！

用言活用表整理

	-고	-(으)면	-(으)니까
가다 去	가고	가면	가니까
먹다 吃	먹고	먹으면	먹으니까
묻다 埋藏 (ㄷ規則)	묻고	묻으면	묻으니까
묻다 問 (ㄷ變則)	묻고	물으면	물으니까
웃다 笑 (ㅅ規則)	웃고	웃으면	웃으니까
낫다 痊癒 (ㅅ變則)	낫고	나으면	나으니까
만들다 製造 (ㄹ變則)	만들고	만들면	만드니까
하다 做	하고	하면	하니까
따르다 跟隨 (陽 : 르規則)	따르고	따르면	따르니까
모르다 不知道 (陽 : 르變則)	모르고	모르면	모르니까
치르다 支付 (陰 : 르規則)	치르고	치르면	치르니까

-ㄴ/은/는데	-ㅂ/습니다	-ㄴ/은 거	-ㄹ/을 거	-아/어/여요
가는데	갑니다	간 거	갈 거	가요
먹는데	먹습니다	먹은 거	먹을 거	먹어요
묻는데	묻습니다	묻은 거	묻을 거	묻어요
묻는데	묻습니다	물은 거	물을 거	물어요
웃는데	웃습니다	웃은 거	웃을 거	웃어요
낫는데	낫습니다	나은 거	나을 거	나아요
만드는데	만듭니다	만든 거	만들 거	만들어요
하는데	합니다	한 거	할 거	해요 (하여요)
따르는데	따릅니다	따른 거	따를 거	따라요
모르는데	모릅니다	모른 거	모를 거	몰라요
치르는데	치릅니다	치른 거	치를 거	치러요

	-고	-(으)면	-(으)니까
흐르다 流下 (陰 : 르變則)	흐르고	흐르면	흐르니까
쓰다 用 (으變則)	쓰고	쓰면	쓰니까
크다 大的 (으變則)	크고	크면	크니까
있다 有	있고	있으면	있으니까
없다 沒有	없고	없으면	없으니까
좁다 窄的 (ㅂ規則)	좁고	좁으면	좁으니까
맵다 辣的 (ㅂ變則)	맵고	매우면	매우니까
좋다 好的 (ㅎ規則)	좋고	좋으면	좋으니까
이렇다 這樣的 (ㅎ變則)	이렇고	이러면	이러니까

-ㄴ/은/는데	-ㅂ/습니다	-ㄴ/은 거	-ㄹ/을 거	-아/어/여요
흐르는데	흐릅니다	흐른 거	흐를 거	흘러요
쓰는데	씁니다	쓴 거	쓸 거	써요
큰데	큽니다	큰 거	클 거	커요
있는데	있습니다	있은 거	있을 거	있어요
없는데	없습니다	없은 거	없을 거	없어요
좁은데	좁습니다	좁은 거	좁을 거	좁아요
매운데	맵습니다	매운 거	매울 거	매워요
좋은데	좋습니다	좋은 거	좋을 거	좋아요
이런데	이렇습니다	이런 거	이럴 거	이래요

國家圖書館出版品預行編目資料

新韓檢TOPIK I 單字帶著背！新版 / 隨身外語編輯小組編著
-- 修訂初版-- 臺北市：瑞蘭國際, 2024.12
288面；10.4×16.2公分 --（隨身外語系列；71）
ISBN：978-626-7473-99-3（平裝）
1.CST：韓語 2.CST：詞彙 3.CST：能力測驗

803.289   113017959

随身外語系列71

新韓檢TOPIK I 單字帶著背！新版

編著者｜隨身外語編輯小組
審訂｜金玟
責任編輯｜潘治婷、王愿琦
校對｜潘治婷、王愿琦

韓語錄音｜金玟・錄音室｜不凡數位錄音室
封面設計｜陳如琪・版型設計｜余佳憓
內文排版｜余佳憓、陳如琪・插畫｜614

瑞蘭國際出版

董事長｜張暖彗・社長兼總編輯｜王愿琦
編輯部
副總編輯｜葉仲芸・主編｜潘治婷・設計部主任｜陳如琪
業務部
經理｜楊米琪・主任｜林湲洵・組長｜張毓庭

出版社｜瑞蘭國際有限公司・地址｜台北市大安區安和路一段104號7樓之一
電話｜(02)2700-4625・傳真｜(02)2700-4622・訂購專線｜(02)2700-4625
劃撥帳號｜19914152 瑞蘭國際有限公司
瑞蘭國際網路書城｜www.genki-japan.com.tw

法律顧問｜海灣國際法律事務所　呂錦峯律師

總經銷｜聯合發行股份有限公司・電話｜(02)2917-8022、2917-8042
傳真｜(02)2915-6275、2915-7212・印刷｜科億印刷股份有限公司
出版日期｜2024年12月初版1刷・定價｜360元・ISBN｜978-626-7473-99-3